梦染黎乡

郑文秀 著

长江出版传媒　长江文艺出版社

　　郑文秀，1965年出生，黎族，海南省陵水县人，中国作家协会会员，中国少数民族作家学会理事、海南省作家协会会员、海南省诗歌学会副主席、海南省青年作家协会名誉主席。出版诗集《水鸟的天空》《可贵的迹象》。诗歌作品发表于《诗刊》《民族文学》《芒种》《中国诗歌》《广州文艺》等。作品曾入选《2013年中国新诗排行榜》《新时期中国少数民族作品选集·黎族卷》。

彰显一个民族迷人的诗性光亮

◎吉狄马加

我一直认为，作为文学家族中最高的语言艺术，诗歌是对一个民族文化的最集中书写，是对民族精神的最精致传达。诗人，就是民族精神的承载者，就是一个民族的代言人。黎族著名诗人郑文秀的诗歌也是这样，他的诗集《梦染黎乡》通过对黎族人的发展渊源、日常生活、礼仪习性和风土人情等方面的审美描画，将这个在海南岛上聚居的少数民族的文化传统和精神内涵鲜明彰显出来。

在中国五十多个少数民族的谱系构成中，拥有一百多万人口的黎族，应该算是一个数量不算少的少数民族族群了，黎族和其他少数民族一样，有着自己独特的精神气质和文化底蕴，黎族人在服饰、饮食、礼仪、风俗、宗教等方面都形成了较为稳定的传统模式，这些传统模式，共同建构出他们的民族个性来。郑文秀的不少诗章，正是对黎族人独具特色的文化风情和民族精神的直接书写和高度礼赞。《黎族的五种语言》《黎族织锦》《黎族蛙纹》《黎族大力神》《出嫁的黎家姑娘》，等等，都将"黎族"或"黎家"等民族符号在标题上直接显示，并以聚焦式的抒情方式，来集中展现黎族的风土人情，透射其迷人的文化底蕴。他的不少诗歌，即使诗题并不直接标明民族符码，但从行文中我们也不难发现，它们同样是对黎家人生活的描画和风俗的演绎，如《山里的日子》《那一夜的酒》《不朽的脸谱》《文脸的母系》等等。在这部诗集里，这类的诗歌占了绝大多数。可以说，《梦染黎乡》的全部诗章，构成了对黎族人历史与现实、生活与梦想、文化与宗教等多种层面上的立体化诠释。在这部诗集里，郑文秀用精彩的分行文章，彰显了一个民族迷人的诗性光亮。

郑文秀的诗歌语言质朴明朗，但不失优美和雅致，更富有审美韵味和艺术感染力。因为立足于一个民族的文化土壤，去努力地挖掘、勘探、回味与深究，郑文秀的诗歌写作显出了明确的方向感和地域个性，显得根基扎实，情感深厚，而绝不会给人虚浮和夸饰的阅读感受。在表达策略的选择上，郑文秀的诗很少采用当下极为流行的叙事化笔法，而是坚守着传统的抒情写意的表达路向。我肯定他的书写路向，也希望他在自己的民族土壤中继续耕耘，不懈劳作，创造出更多更好的艺术作品，既充分展示出自己民族的文化魅力，又给当代人不断提供丰足的精神食粮，同时，也丰富着风格面貌多样的当代中国诗歌。

目录

CONTENTS

辑三　回归的符号

辑四　我没有理由不爱你

辑五　时间深处

辑一
岛屿上成长的民族

岛屿上成长的民族

我不知道，从什么时候开始
你迷恋上这个岛屿，那些隐忍的记忆
一打开，就是上千年的历史

其实，时间已让太多的光芒
失去记忆，许多凝固的迹象
已缓缓地，带着鲜艳的五色花
定格在山坳的腹部，黎族，沿着
驼背的山地以独特的方式，在岛屿上
繁衍生息，静度浮华

我理解你，三月里含情的目光
理解你，跳渡于神话般的一切诱惑
理解你，赤脚穿行时的勇敢与伤痛
更理解你，黄金中精心点化的梦想

你的沉默是必须的
你跋山涉水是必须的

你的孤寂与篝火相伴是必须的
你的苦寒与信念的仰望
和傲然绽放的目光，是必须的
我的祖先呀，你染色的肌肤
依然是这个岛屿上成长的标志
当你出彩的那一瞬间
你的焰火照亮的灵魂
依然高大且自豪
如挺拔的山脉

让羽翼千万次地托起吧
让你隐藏多年的梦想
凌空飞翔，再让你的名字
也成为这个时代的一个风向标

梦染黎乡

我知道，语言只能表达你的存在

却无法抒写你内心的图腾和所达到的高度

你的到来是个谜，让人们去探究和猜想

你的梦本身就是奇迹

神祇无法触及的界面

被你的脚步以高大的光芒

接纳成海岛上固定的家园

你最初的希冀

也许只是寻找世界之外的世界

一方沃土，一个安稳生息的地方

你无法预计，漂泊中遇到的苦难与险痛

让你放弃了最初的构思和梦想

当你放下大海浪花中珍藏的记忆时

便把终生的念想

寄托于海天之外的群山

连同你的干栏船屋

和彩虹般绚丽的锦彩

你在大海环抱的岛屿上

把自己写成山的模样

让每一个山头，从诞生之日起

以另一种方式播种着你的思想和灵魂

于是，你的染色的身体被叛逆的陨石

抚摸成另一种图案

包括你的脸、你的身体和大腿，包括你的名字

被一种复活的咒语刺成的甲骨文

你在固定的区域里面朝大海开着窗

好让呼唤的目光迎接着每一个黎明

拥抱着太阳滋润的植物群

你强大的生命悄然盛开

更多的祖先从子宫中走来

于是，沉默的山峦有了炊烟和狗叫

寂静的山涧有了船屋和笑语

晶莹的月夜有了鼻箫和情爱

当金黄的山坳，怒放的山兰稻

从祭祀中流淌着酒香时

你辽远的大地富足的歌声在升腾

梦的翅膀在创造着神话

我看到了，一个民族从容地跨过河流

从容地踏上征程

并在灿烂的星河里找到了理想的方向

遇见黎族

我希望，你们看到的
是从北向南，最遥远的距离
最长路程上遇见的民族

它需要跋山涉水
它需要漂洋过海
它需要通俗的表达方式
它哪都不去，一直在
南中国的岛屿上
张扬它全部的生命

它没有文字，它的名字
出自汉章的图案里
以五种特殊的彩带
展示着它的传奇与骄傲

黎族，当你遇见时，已是
五十六个民族中的一朵鲜花

在大海环抱的岛屿上
谱写着美丽的篇章
它独具个性的光芒
正澎拜地舞动着

黎 人

你沿着五指延伸的山脉
以开垦蛮荒的植被
藤蔓的密布与野生植物
交错地生长，使你在重重的
险痛中，艰难前行
你的坚贞的信念，在大海的
另一侧，树着一座丰碑
全部的族谱从这里开始

苦涩的隐形的幽径，以流动
的颜色和鲜艳的彩锦
清晰地显现，那些呐喊的声音
在伸向时光闲置的领地
一行行赤脚的印记
如莫测的风化的岩石
攀附在深幽的山坳

在神秘的植物群和蔚蓝大海的合体里

黎人，正如一群清高的奇士

用自己独特的语言与世界对话

黎族的五种方言

或许，这悠扬的母语
只是一个概念
于根的深度充满灵性

沉默的大山啊
那是神秘的声调
泊在你的双翅上
如初恋般流露的激情

我曾经对着山神默默祈祷
对着那些太阳花和橄榄绿
邀请一切光、云雨和过往的声音
甚至关注的焰火和阴影投放的泪水
以宗教的名义
使其不屈地扩散与强壮

让它们的生命像河流一样伸展
并顺流而下

以清晰的音质存在于无数个山头

并尽一切可能，放飞所有的善念

如此辽阔的内心啊，在宇宙的缝隙间

它们却是独来独往

船型屋

几千年了，你的目光已经迟钝
你的脸庞不再是贴在大地上的墙
剥落的容颜，只存一些影像
在幻觉的生命里奔跑着

我所记忆的形态已无法复制
包括夜行的灯光
许多的躯体，很早被埋葬在山坡上
有些遗落在溪涧边
也有一些走进教科书里

曾经温暖的阳光
已经远离花间的草房
早年潜伏的那些荣光
现在已交给静默的灵魂去守护
热闹的海平面上
你的所有的高度只能在水的映像中
你的窗口，此刻如谎言的灯塔

不再耸立，也不再发光

其实，你还是你呀

我的船形屋

世事沧桑在变

你的容颜却依然存在

当我今天撞见你时

你却如梦幻般编造着神秘

当我站在你的干栏房

摸抚着你柔和的腰间时

你仰望的那双目光呀

把我的心刺得好痛、好痛

布隆闺

有一种传说是有形的
这是人性中衍生的希望
从森林深处起源的婚姻
使她的乳名穿过厚厚的夜
如浮动的星星
既神秘又亲切

她属于山，属于高贵妇人的羞涩与矜持
当胭红的花瓣染叠山坳时
她已有了自己的名字
布隆闺，让青年男女充满着梦想

终于迎来恋爱的歌声
在干栏船屋的林子边
在缓缓流动的花涧里
她的名字一次又一次被晚霞带走
一次又一次被月光抚慰
当成熟的情爱触摸到她的脉搏时

她晕红的脸庞已跃过大山

传扬在千里之外

祖　先

这是保存完整的家园
这些现身的遗址
告诉我，至少
你复活着一个民族

南方，森林丰腴而诡秘
带着温热和灵气的大地
包容着几千年来
不朽的文明之光
你的赤裸的古铜色
可能是岛屿上风削的肤色
透明隐秘的无桅船屋
——你的宅邸
系过无数条幽蓝的子母线
不远处，还流放着深浅不同的溪涧
一边囚禁着你的前世
一边释放着你的今生

你的灵魂的三角肌

却暗藏着终生的仰望

存活中血红的焰火

可能是你拓展的五色花

柔美地蔓延在五指山的腹部

当你自由的母亲

向着蓬勃厚积的泥肉

撒播了暖春的种子时

你收获的版图上

黝黑的脸庞是如此的清晰

并带着刺目的光环

跨过圆滑的世界

你的名字从此挂上了徽章

其实，你从作客蛮荒的天涯

你的身份已化为黎族

近在祖国，远向世界

并且，你的脊梁上还雕着浓缩的符号

显示你前世的聪慧和今生的荣耀

黎族蛙纹

就是这种声音

从山里的村寨里传来

这一跳动的纹理，以母性纯洁的肌肤

饱含着山的形态和海的旋律

太阳在她的山坳边升起

万般的希望

穿越翠绿的丛林

并在村寨的叶脉里

不断地向前伸张

那一天，她站在五指山上

含情的目光放纵地眺望

诞 生

沉重的船屋

终于在山坳中隆起

那是穿越过多少伤痛

垒成的希望

终于，母性浓缩如甘醇

滋润着初恋的神秘

你用树上张扬的黎锦

如诞生的旗帜

行走在山峦之间

在赤裸的夜里

赤裸着原始的粗犷

你串着火把

跳渡在山水之间

你层层叠叠的脚印

撒落在险痛和图谋中

你征程的步履

单纯而坎坷

你划定的空间

凌乱而灰暗

你最初的胆略

被阴险恣意地威胁着

你开始学会伸张

学会嬗变

学会用锈色的弯刀

学会用不太习惯的手势

驱逐着前行灰蒙的骇浪

碎裂的、惊险的悲壮

让你在倔强的生命中

藐视死亡

你终于冲破囚牢

冲破山河中氤氲的掠虐

把透过山林的阳光

一束束抖落在黎明飘扬的山头

从此，你走进了一个时代

在大海环抱的岛屿上

开启了一个新世界

你向往的方向

在每一个黎明或黄昏

在每一个茅草干栏的船屋里

在山寨，在涓涓流淌的河流中

在悠长的箫声和歌舞里

在灵动的阳光下

伸展着，成长着……

终于，你的敞开的笑声有了

你的胸前的月亮有了

你的染色的名称有了

你的童真的眼神有了

你的欲望的话题有了

你的流动的生命有了

并且在纵横，在攀升

在灿烂

祖　母

我所向往的女人
穿着树皮织的筒裙
那些与大山同爱的色调
自然的，带着香气与灵气的美
那是拓展了三千多年的生命之爱啊

在山中，谁知道时光穿行的声音
竟是这样细，这样密
从一个女人辽阔的心胸
绽放的缕缕情丝

谁能看见在山坳的那一角
她点燃的火种
不仅照亮着自己
也照亮了整座大山
甚至于她的族人

而我跋涉的山水

寻找的流星

有过多少灿烂？

如今，我不能逃避

也不能深藏

她那双幽幽的目光

我必须沿着她脸上的纹路

去解读她的土地，她的子民

还有她的方向

甚至她得以自豪的理由

黎族大力神

这是传说中万能的神
能擎天造地

这创世之神
大脚一踢就有了山河
巨掌一拱就分了天地
大力神，能界定一个民族心中的方向

你的无私无畏
成就了天空、太阳、星辰和彩虹
你以恩泽与庇护
造就了山川、森林、河流、田野和村舍

并以创世之能
给予一个民族生生不息
你如传奇而浪漫的史诗
成为这个民族不朽的精神膜拜

三月三，一个飘香的日子

从嘴琴和鼻箫中流出来
就一直停泊在这里
停泊在三月飘香的季节
停泊在一个民族的叶脉里

也许，你的故事
起源于一次约会
起源于一次膜拜
你想用诞生的理由和创造的形式
来完成一次祈祷的飞跃
让一个民族的风景
在一场欢歌中得以绽放

于是，你把染色的流线寄托彩虹
把动情的歌欢乐的舞
交给水鸟的翅膀
沿着太阳飞奔的弧线
穿越高山和森林

穿过深邃的大海

在三月初三那天

点亮一河古老的星群

让一个民族的希望

在欢呼中悄悄升腾

就这样，三月三的河流

带着无数个跳跃的姿态

带着蛙纹延伸的艳丽

带着山兰酿造的酒香

带着有形或无形的传奇

带着残缺的完美

并带着那部天书

融入灿烂的星河

山里的日子

流荡在早出晚归

熟稔的日子滴在山里

宁静而休闲

唱晚的歌声被狗儿带着

晚霞，遗失在袅袅炊烟中

深山的情，流水的爱

醇香的山兰酒

唱不完的情歌

缭绕在黎家的山坳里

我梦见了袍隆扣

我在黎母山上，我凿开的
石洞里，我看见了我的祖先

———袍隆扣

他端坐在山洞中央
慈善地向我微笑
我上前与他握手
然后互赠礼物
他赠给我一片土地
在大海环抱的岛屿上
有山有水，四季常绿
我赠给他一幅画
黎族当代的生活画卷
我告诉他，黎族离开刀耕火种后
的生活实景，告诉他
黎族生活得红红火火
我还告诉他，黎族的谱系
已经跨过大海，融入

中华民族的大家庭里

在梦中，他还叫来一条黎锦

从我面前袅袅飘过

我沿着它的弧线，向前飞奔

文脸的母系

她们的故事不需要再雕刻

青绿的经脉自青春期就以宗教的仪式

模仿了甲骨文最初的清丽

带着神秘的荣耀与崇拜

开启着一个民族

母系生存的神奇与穿越

她们不是刀尖下的誓言

那是带着焰火的隐喻，如神的点化

以一种童话的疼痛

将大自然的颜色

骄傲地沉淀在丰润的梦境里

这些神奇的图案

成了世界上绝无仅有的风景

当我迂回经年

对着倔强的痕迹时

那些悠然回荡的梵语

让我终生去研磨

黎　锦

这是独立的风景
你以星象的碎声
在天河醉梦时
点染的南方的色彩

我知道这种诞生的疼痛
她的高度的秉性
不仅仅需要一种智慧
换一种语调或音乐
不足以把她的空灵与深邃
或从月光的瓷影中洞察出她的经年

脸庞上符号的格调
足以显示她水平的高深
尽管吐纳的墨染
饱含着汉字的温情
依然穿越过她的容颜
然而，那些独特生动的形态
精致般演绎着一个民族的骄傲

山里的爱

山兰稻稔熟的山坳

潜伏着一种生活

胚芽在一场春雨中开始探头

带着酒的香味

宁静，娴雅，山歌缭绕

这是我一生的目标

必须以对歌的方式去表达

我珍惜这一次的选择

用一生的爱去守护大山

并以主人的形式与之交流与紧贴

让休闲的时光在田地上结出喜悦

然后养一些鸡鸭，听山鸟欢畅

再酿上一坛醇酒，然后带着心爱的人在山涧边

挽住山的福祉与宁静

人 生

我是大海的儿子
某一天出生在珊瑚礁上
海风托着我
不停地唱着温柔的歌
我的哭声，被海鸟带着
从一个方向到另一个方向
梦成了许多期待的希望
期待着

在苍茫的大海上
我在波涛的托送下
沿着晨光，沿着波浪飞奔的弧线
驾驶藤蔓织成的船，没有桅杆
在季风来临时起航
一簇簇透明的浪花
从远方袭来
我看见遥远的群山
博大而深邃

太阳升起时

我驶进一个陌生的城市

驶进一片热闹的森林

我和着三月的花季

在五颜六色的青春簇拥下

透过风声雨声

透过尘世的喧嚣

我努力伸展自己

把我灿烂的微笑

把我温暖的阳光和透明的山泉

把大海摇出的故事

传扬在千里之外

我为我的诞生而骄傲

为我的到来而自豪

我相信,我所有的听众——

高山、森林、河流、天空

还有前方的城市

能理解我跨越的呐喊

理解我来时的惊讶和尖叫

理解我丰富的世界

并且理解我的一切

包括存在和死亡

到那时，无数簇拥的菊花点缀着

人们唱着天竺的颂歌

为我祈祷为我送行

而我却躺在雪白的浪尖上

让大海升腾

让影子模糊

并在某个夜晚融于大海

不是现在

而是将来

那一夜的酒

我们就这样喝着

碗里的酒满了又干了

那一夜没有月光

山兰酒在星星的眼里

已看不清出村的小路

我们就这样唱着

那是一种豪放的纯朴与尊严

那是祖先传下的骄傲的演绎

此刻，也许有些变调

听不清调里的言语

山兰酒飘过的河流

却醉了大山，醉了山寨

我们就这样喝着

看不清的姿态和脸庞

滑落在星星的眼里

涤荡的山歌悠然飘荡在山坳

山寨停靠在朦胧的夜色中

村口处，几只狗儿不停地叫着

出嫁的黎家姑娘

在山里，盘旋的绿意挤在村口
风的翅膀行色匆匆
这勤勉的山寨
潜伏着另一种似锦繁华

深闺的姑娘哟
你出嫁的模样
甜醉了大山
甜醉了山寨

今晚，星星已被渴望的目光擦亮
就连青鸟也迷失了方向
只有你，在此刻
内心的秘密
绯红而朦胧

山兰飘香

这个时候，飘香的山兰稻

金黄如秋的景色

蝉声在这个清高的夜里

显得悠长而缠绵

风拉着月亮的手

沾指着夜里虚妄的目光

触及星星的宁静

此刻踏实地弯在水中

山兰熟了，沉醉的味道

定格在如烟的山坳

一滴两滴

这种芬芳穿过夜的皮肤

融化在相思的箫声里

此刻，仰望成了期盼的别样景致

也许，风尘中卸下的那一份牵挂

瞬间溢满在妩媚的喜悦里

夜的缓慢，在这个季节里

虔诚如轮回的温馨

纵情放纵在回归的心头

古老的情歌缭绕在

宁静的夜里

辑二

行走的岁月

行走的岁月

有一种长调在流行
那是我的祖先在行走中
流淌的音韵
那是叩击悠悠岁月
泛起的阵阵和弦

不知道逗留多久
一座山头，一缕炊烟
一个期盼，一段情愫
一个鼻箫，一路情歌
奔走的悠扬的母语
守望的诱惑的大山
原始的阴柔的火焰
连接着血种的细腻的目光
还有来回穿行的阳光
勾勒着宁静中古朴的图腾

当我仰望的东方

漂流着神圣的文字时

我明白了母亲清高的本质

那些被岁月带走的祖先

它们在改变着空间的颜色

今天，壮大的族群

带着大山的梦境

走向更为宽敞的疆域

不朽的脸谱

这是一条神秘的通道
绕着蜿蜒的龟形的岛屿
陆地以海为界，使一个民族
也以海为界

他们的名字是如此的渺小
渺小如一个个小山岩
质朴而本分地生活在山里
这是一种方向，黎族
那些附加的颜色
青绿的、带着星辰的鱼尾纹
像沉默的胴体
存活在海岛上
渗透着大海的蔚蓝

几千年了，在大海的怀抱里
悄然地描绘着生命的传奇
他们的形貌，早已

刻印在石壁上
仿佛一道昂头的风景
排列在岁月的路上

一个氏族的生命流向

1

从沼泽中走出的明月
摇晃着手中的火把

2

深幽的大山
行走的痕迹依稀可见
你不停地抖着诱惑
在锈迹斑斑的弯刀上
擦洗着时光留下的伤痛

3

生命，穿过神秘的山岩
血液浸泡的皱纹探寻着远古的路径
所有的山头，根须带着月光
迷茫地扯碎着生长的果子

4

天空在雷雨后变得明亮

季风侵蚀的野生林

使大地变得青翠苍葱

星星飘散的慈善

柔韧着母性的地平线

5

木棉花催生的绿色

在母亲的装扮下

已开始点缀着山坳

一群赤裸的男女

在丰满的船屋里欢呼跳跃

没有文字，没有词句

符号抒发的调子

响彻寂寞的山坳

6

风中，母亲在一场雨后怀孕了

闪电般生长的情人

从山兰酒中悠悠走过

炊烟袅袅悬挂在树梢

涤荡的笑声中泛起的彩虹

梦幻般架在海岛的礁石上

7

你终于在悲壮的回眸中
让暴风雨
清洗了昔日的焦虑
敞开的胸怀
让大地在温暖的阳光下
构筑着氏族的牌坊，此刻
葱茏起舞的森林
打起了绿色的喷嚏
含羞盛开的花朵
在高高的枝头上对饮风月

8

无数个山头在欢腾，族谱上
一条生生不息的河流
带着一首古老的歌谣
豪放地奔向大海

大山啊大山

这座山是谁发现的
这座山生长在海的边缘
大海的背面已换成古城
高低的船屋坐在叶子上
骨头已葬在遥远的北方
执拗的种子还在选择岸边的丛林
在我忧伤的时候
磷光把昨日的风拂向山坳
大手笔的青山绿水
还有我失散多年的兄弟姐妹

大山啊大山
我寻找你峻峭的山脉
就是要找到那束不灭的烟火
让永恒鲜艳的灵光
源源不断地安抚和慰藉
你的脚下，那一群生生不息地
生活的民族

时光里的母语

当我看见这些钢筋和水泥的房子
看到这个不再有牛羊的村庄
母亲，我和你一起
已被埋葬在深山的腹地

沉默的大山啊
谁能告诉我
这飘香的绿叶和湿鲜的花朵
到哪去了
这绵长的染彩和狗儿的叫声
到哪去了
这满山的青翠和金黄的山兰香
到哪去了
谁能告诉我
飞鸟喜爱的船屋
搬到哪里了
谁能告诉我
这原始的山洞

被挪到哪去了
还有，我的神秘的母语
你们在哪里……

呵，这古老而又古老的记忆
这动人的旋律和温暖的篝火
已被隐形的河流悄悄带走
只留下一些残缺的符号
青涩地守在路口

赤脚的兄弟

天的太阳，如削尖的
眼睛，在云海里寻找
失散的日子，山上
残缺的经书，在风中
模拟孔明的空城计

我的兄弟，赤着双脚
他们放弃了橡皮的浮华
回到山里，在母亲面前
他们成为大地的长者
高举着山的手，在漏雨的
森林中，重新筛选
安居之地

绵长的呼唤声，带着经卷的
语言，在灰白的空隙处
把梦想郑重地安置
仿佛从此以后，他们的

生活，就从这里开始

江河如此厚重
我的赤脚兄弟
把所有的梦想
倾注给这片大地

故 乡

寂寞的祖屋端着一杯浓香的茶

在寻找失散的游子

南归的燕子在为出世的子女

寻找丰足的粮食

城市居民的眼睛

炫耀着衣着的颜色

那尊石佛祈祷的双手

捧着挤压多年的阳光

算数着走过的日子

风呀，扯不动的心

生长在自家的谷场里

我们谈论的童年

被水手挂着的帆

越行越远

梦回的路

穿过椰林和河流

穿过小妹牵手走过的幽径

田埂上，一首悠长的乡愁
站在家乡透明的风中

悼念一座庙

你想让雨水的波纹

遮盖沧桑的颜色

被玻璃引领的斜阳

照在剥落的墙壁上

你在风中摇曳的记忆

第一次与山妥协

并出现在一部经文里

你有过很多的香客

他们虔诚的目光

赤裸的祈祷

期盼着佑护与智慧

其实，你只是一座土坯房

四周已野草丛生且凋零

里面只有一个泥像

彷徨地张望着

其实，你只是一座虚无的肉体

存在于山中

其实，一切可能的与不可能的

都是人们内心卑微的缔造

透绿的声音

有一种声音是透绿的
它隐藏在岁月的深处
当我找寻的路
穿过岩层走向山峦时
它的声音便在大地的耳根
给我暗号

我总是在夜深人静的时候接见精灵
很多形态似有似无地
幻变在我的面前
一颗原本焦虑的心
已从祖先铺设的殿堂走过
在一个标着蛙纹的岩石上
撒野我所有的激动

其实，我宁愿失去
那些寂寞的空间
也要让透绿的声音

滑向大地的翅膀
承载着太阳、星辰和
河流的赞美

当我放飞的双手
顺着藤蔓穿过宁静的山坳时
扯碎的寓言在隐隐作痛
透绿的声音嘹亮而悠长
它唤醒了生命中所有的希望

出 发

我怀念一片叶子落向溪涧的声音
那是生命圆归时惊起的骄傲
时光，总在沿着经轮的指针
向着心旅的轨迹出发
许多沧桑的脚印
已从容地镌刻在祖先的磐石上

灵光带着生命的河流
祭祀着每一个出发的黎明
我从母亲幽深的河床走来
固执地穿越荆棘的丛林
接受着路上呐喊的伤痛与洗礼

凄美的漂泊的足迹
如一道风霜凿出的苍凉
遗失在嶙峋的路上
我只愿心中焕发的执着
跟随时光的轨迹

唱着不朽的山歌

带着香火的仰望

不断的向大地的腹部

坚韧前行……

祖先的祭日

阳台上的蝴蝶兰

单脚站立，低声呼叫

有些缓慢

四周，道公在设计着光芒

然后躲开我

在灰暗处愚昧地祈祷

祖先，较早的祖先

是安置在画册里的影象

画册里的时光

似乎想带走什么，或留下什么

他挂墙的那一刻，是庄重明亮的

并且还睁开过眼

我给他一身素白，他直呼我的名字

然后，看着我

沉默不语

那天，我不小心碰倒他的

朝圣之处，让他的前半生

灿烂一地

眺 望

这个隐居的岛屿

已经不再神秘了

山鹰自离开山时

它向更远的平原飞翔

在岛屿上眺望

信念总显得单薄

我隐约看见

森林凝定半空

落叶的情景是那样的悲壮

它创造的场景

只能留在永恒的记忆里

我俯视那一弯银滩

太阳正沿着心旅的梦想

飞翔在踮起的云彩里

而在大海的边缘

有人在高声呐喊

用母语的声音

摇撼着对面的世界

山上的芒草花

其实，那么多肃敬的目光

让你们清澈的季节不再卑怯

不再沉湎于冷遇的孤寂

高处洁白的云海

自舌头冒险时就开始如浪花般

扬起在空旷的山坡上

依着流淌的时光

轻轻咬着风的伤口

而那些涌动的树枝正围着你们

想再次炫耀它们的存在和美丽

只有稠密地成长的花期

使你们昂起头颅

坚毅地直面世俗

顽强地让幸福的手

把慢慢素白的心

抛得遥远、再遥远些

纷飞的芒草花呀

仿佛被时光揉碎为空中的云絮

一朵一朵在迂回的时光里

展示它们生命的倔强

与无处不在

母亲的谜

母亲年纪大了
常常做着梦

窗台的灯
被夜带到远方
母亲在祈祷太阳的光点

深暗的夜，海蓝的天空
星星在约会，海岛上
悠扬的长调，叩击着
大山温暖的胸脯

那夜起风时，远山颤动了
远海颤动了，山后面
人们点起篝火
唱着无名的歌，跳着神秘的舞
然后，把酒杯高高举起
灌醉了大山，灌醉了大海

屋里，母亲轻轻地打开窗口

把一条黎锦，挂在前方的

树枝上

往事如烟

这寂静的森林
顺时针，带着绿色的翅膀
在大海环抱的岛上
在群山起伏的腹地
这高挺的胸脯
如降生的神的祭品
铺在厚厚的岛的背面

这天边的河
叙述着多少冷暖的往事
如苍茫的歌的跳荡
流动的多么熟悉的声音
被风吹过辽远的旷野

我成了山里孤独的行者
行走在荒芜的葬场
磷光消失，野草丛生
大地布满神秘的色彩

我隐约跟着赤裸的大力神

黎族祖先的影子

他们正在潮湿的森林里

在隆起的丘陵上

倾泻着所有的爱

他们敞开胸怀

让生命绽放、再绽放

风在更新着万物的衣裳

万物也在奔走相告

神们却在祈祷,在攀升

攀升向山外的世界

泛着红泥香的画

红香的盖头

束在古朴的村寨

那是从黎族血脉里流出的一片鲜红

优美的、生动的形态

叙述着遥远而浮华的片断

那些流动的山林、花草

那些宁静、祥和的山寨、船屋

在阳光下，在深山里，父母和兄弟姐妹

还有那个躲在榕树下的情人

被你隆起的线条，定格在

细腻的、原始的寓意里

于是，淳朴的红泥香

热烈的木棉花、恬静的生活体

和跳跃的生命线

在你伸张的触角里

奔走相告

你坚贞地守望着

岁月留下的那份纯真

把一个民族的历史

深深地镶嵌在油画的根脉里

并带着他们和世界对话

山神的话

这种失贞的美
以山神的名义
给我画像
灵魂向来就不遵从于
历史的蛊惑

能够印证时间瞳孔的
是水纹的棱镜
它的启示是如此的梦幻

宽厚的泥泞之上的生命
都是我虔诚朝拜的神灵
我要把这些形态各异的云鳞
雕刻成虚伪的艺术品
安慰遗生

山　涧

明朗的大地
只有我一泓清泉
涧绿地泊在你守望
的那方净土

你游荡在扶直的香气里
细数草绿的碎语和花鸟的柔情

风的心是凉的，山的心是绿的
执着的暗影走向尘世

你企图解脱窗棂周围的景象
却忘记前方那双灵动的眼睛，它深藏
的泽光，把流散的魂魄
定格在无痕的梦境里

时光的空房子

走过了多少路程

我们无法用尺来丈量它有多远

当你的年龄达到一定的高度

城市的背影已失落多年

也许，你的脚印

穿过无数岁月透明的身体

那些被时光挤压的痕迹

已随着落叶的老去

漂泊在悲凉的诀别中

你走得越快越远

你的影子会越小越模糊

而你还得继续前行

直到你行走过的地方

只留下一个空间

一个你曾经住过的空房子

五十年前的梦与今天

五十年前的今天

没有暖气和冷空调

一九六二年的草根略带酸味

那时，马尾草填充的大地

卸下了一个零岁的男孩

他的名字，是神

附加给二月龙头的肉身

变化为人脸的形象

他不会攀爬太高，但身披山纹

保持在母亲的视线里，有些孤独和烦躁不安

对着幽深的苍茫，他在寻找，带着欲望的翅膀

在软弱的世界里

他的周身的伤痕

已成了咒语的标志

没有巫师来模仿

无序的社会只能放手

以篝火为引领，以父亲的血液

和体内的骨骼

寻找新的陆地

纹路发酵着，隐藏时间的

葬礼，成就了一场重生

有序排列的生命流向

在你的前方，神秘地延伸

五十年后的那一场交响曲

成为神在世界里

留给他的唯一遗产

今天，他替换了父亲的面具

在时间透亮的现实中

重新编排着肖像，另一部分

依然劳碌的人体的笑靥

也许会变得很轻、很自然

行　者

悠长的夜里
你已听不到别样的蝉鸣
月光穿行的声音
如清冽的透明的秋色
使沉默无言的金黄
迎着风，等待一次澎湃的合拢

守望的景仰
在这样的季节里
显得稳健而奇特
一河山脉的脊梁上
此刻，只有你显得空旷且高大

其实，岁月凝固不了轮回的光阴
你行走中蹒跚的脚印
已随着老去的日子
走向深处
你怀揣的秘密和际遇
也被阳光从容地绽放在路口

一种信仰

红色的鸟埋怨寂寞

季节的邮差步履蹒跚

森林们谈论着海的大小

企图让天上的使者

来剪切无眠的潮汐

山上，神明的姿态过于庄重

忧郁的眼神让人惊叹

不要担心前方崎岖的山路

信仰，已破壳而出

你相信黑暗的背后是黎明

你的家园在等待

你站的地方是一座高大的山脉

太阳倾斜不了你的影子

你只能穿越山脉

只能欢呼地向前飞翔

你深信

高远灿烂的星群隐藏在太阳的影子里

只要飞过这一座山

你会看到，绵延的大地上

一道彩虹，从空中

抽象地涌来

视　觉

风一直在吹
大地的骨骼已经松弛

千里之外的初春，寒冷在加剧
我的脚下，昏睡的河已经苏醒

我看到一棵树被撞的伤口换了肤色
与我有关的双帆石
也在蔚蓝的海上
抗衡着世俗的波浪

在解冻的森林里
时间给我建造了房子
装着两只白眼的房子
连同我的面具和颜色
只有我的内心却
洁白如纸

辑三
回归的符号

永恒之象

隐忍，一切于我清高的影像

仿佛从远古走来

复活着南方的原野

微烫的流光的色彩

从黎明走向黎明

鲜活的生命，深不可测

深藏中发出的呐喊

繁殖着一个民族的血脉星象

铭刻着他们行走的芒刺

今天，浓烈符号的形态

正在南中国的岛上

落叶生根

并显示着，他们蓬勃成长的态势

回归的符号

天空瓜分的山峦

被森林分隔在海的背面

倾斜的大陆架布满着青涩的文字

发黄的山的盔甲

惺睡在五彩缤纷的花朵里

我们怀念的村寨

荡漾在山海相连的山坳边

山的河流，无名的森林的子民

从女巫的眼里流出的泪水

印记着夜行者凄凉的故事

村庄坐在船上，风暴过后

隆起的酥胸在遮掩的风帆里

绽放的希望在桅杆的高度上

塑造神秘的风景

许多年后，当太阳花的影子

在黑水河的浸泡下渐渐醒来

冷漠的颅骨第一次怀念母亲

它汩汩的双眼灌满牵挂

飞翔的心终于回归

在母亲的脚下

不要问我发芽的文字

为了谁

那是从荒原的山穴中

伸出的青涩的希望

那是一段期盼已久的生命的回归

古遗址

穿过莽林
你的肢体有些陷塌
雍容的岁月含着泪花
你的容貌表情严肃
你喘气的声音渗透寒凉

你记不清繁华的碑文
在生存时是否风光或强大
在月牙的栏杆边
你疼痛如初的生命
正以孤独的母语
退潮般扎在荒芜的土地里
你的名字也以文身的符号
与大自然的纹理结伴同行

不需要太多的语言了
一切有史的存在
都如透明的棱镜

定格在古遗址上

以原始的仪式致礼来访的香客

可贵的迹象

繁茂的树木被潮湿的时光困在山上

当松弛的叶子耐不住寂寞时

便随着呼唤的风投进大地的怀抱

在偌大的空间里

那些起伏的形态相互对视

长刺的灌木丛总爱吸吮

一些弯曲的显眼的流光

然后偷偷串起昨夜的露珠

忙碌地擦洗遗失的痕迹

其实，所有的风景都无需培育

四面的自由的风

会为每一缕流失的影子

用丰富的语言为其画像

憧憬中无法涉及的美

也会在纠结的情节中

荡漾成一片厚重的生命

当一群瘦弱的肌体

毅然挺拔而高大时

那些可贵的迹象

会奇迹般拥挤在你的风景上

关于五指山

降生，在星辰陨落之时
青绿的字母远远地居在海边

美丽的故事在淤积
带着狼性的伤痕
闪亮的双唇沿着额头的烙印
敬仰于荆棘间迷失的花朵

宇宙间采集的鳞石
侵蚀着植物卑微的乳汁
沉默的窗户向上
以光芒的神祇
牵引着天使的翅膀
这是尘世无法阻挡的光之影像

在山神的肩膀上
歌舞释放着云朵
如无边的荒芜的海

带着烟雨的咸味、桅杆和风帆

无规则的山脉

朝向未来

不必留恋悠扬的笛声

对于生命，只是千年不屈的枢梧

漂泊的前方

群山层峦叠嶂

风吹的篝火

依然是背后的风景

我的母语注定孤独

必须让完整的季节和颜色

附加在她的肉身上

使其清晰的容颜

以其真实的姓名

紧挨着我站在一起

五指山，高高的

带来生命和希望

并列的五指，无声祈祷

遥远的海上丝绸之路

那些吮吸着波浪的根须
在沙滩深处精心雕刻的家园
被一次翻寻的声音惊醒了
你陌生的脸带着绿锈的铜斑
陡然走出灰暗的世界

沙滩上，那些迷失的符号
那些出土的陶罐和弯刀
陌生的青铜和器皿
戏剧般被风
解散在咸海纠缠的岸边
如失落多年的梦
摇曳在青草丛生的沙丘上

今天，在这个岛屿的腹部
那些经血流染的经书
已穿越时光的红墙
期盼般集结在谐谑的港口

其实，你的名字一直端坐在海边

那些古老的丝绸

那些激扬回荡的声音

还有你解不开的谜

全部积淀在大海边隆起的山丘上

谁能记起你的经轮

谁能知道你驻足多少岁月

可这一刻，你还是以母性的出现

把人们的心揪得好痛好痛

天涯海角

你可以是夕阳下的一块石头

海角边的一个高度

在不经意的角落里

你有过青春的时光

在层层腐蚀的剥落中

你被岁月的流言消融着

你的名字

在大海涨潮时已扩散

并在故乡广为流传

你闪烁的目光

却依然是一如从前

你依然是你

依然是天涯边上的一个断面

你伸向黑暗的手臂

依然是那般的有力

瞬间就能网罗游离的生命

使其迷恋得无法逃离

空中传来祈祷的声音

有些愉快

有些解脱超凡

我相信

膜拜你的面具

每一个都是真实的

你的存在

可能会使信仰的灵魂更为稳健

老 街

历史挂着碑文

冰凉的地表

显现着模糊的脚印

冷落的门庭在仰望

昔日数不尽的繁华

已经遥远

或许贵于清平

新景修剪着悲怆

纸醉的前程，无以复制

人潮、茶馆、酒店、商铺、叫卖的闹市

掐指一算

已是民国年间的事情了

老街，在痛定思痛

黎母山

对于那些青绿的树木

和沉默如墨兰的花朵

我知道，它们在等待谁的到来

在黎母山上

我看见许多荒芜的村落

在仰望

紧挨着祖母的石台

它们已成这里的山神

守护着黎母山枯荣的岁月

引领着一切物种前行的方向

山道，在不断地扩张

空旷的内心有些困惑

许多坦然相逢的面孔

似曾相识

它们脸上的纹路

宁静但缺少笑容

有些甚至表情严峻

当进山的门被打开
越来越多肥胖的体质
蜂拥而至，我看见
许多群山在破茧
在新生
我终于理解了它们图腾的理由
原谅它们闯入领地的目的

永不褪色的黎母山
一茬一茬在更换着景象
显示着她不断向上的幻象
她始终以秀美的容颜
与山海并排站着
包括依然存在的我
和山脚下呵护她的山神们

一方净土

这宁静的岛

驻留海上

如置身于浩渺烟波的云里

月亮和星星点着灯

森林留守在大地

鸟儿开辟着自己的领地

从脚下涌上的鱼儿翻过高山

游过田径

游进城市的眼里

天河在宁静的叶脉上荡着清波

浓缩的、炫目之光

此起彼伏

今天，我的家乡却如此

宁静而清朗

仰望，这些无名的村寨

五月的太阳晒进寨子里
没有什么可躲闪的，只有一些
暗影，在寨子里争抢着位置
其实，春天已走过梦乡
远去的人们，也没有留下可赎的遗像
只有空荡的房子，独望着

被光穿透的茅草房，它们握着
明天的门票，走进死亡的肉体
消抵着另一种生命的场景
演绎其前世的走向，它们是在
一场厮杀中得以存活，并成为
没有名字的活体

焦虑不安是有的，许多假象
也比较合理，作为氏族曾经繁殖
的区域，它们的体内依然释放着
生命的棱镜

让属于转世的骗局，避开忧伤吧

再让散落满地的符号

都直起身子，抵达向往的现场

然后，在星河的脸上

勇敢地涂上正义的图案

祖先的丘陵

有这么一个丘陵

躲在闲置的山坡上

没有名字

一场大雨后

灰暗的日子

轻薄地拒绝了阳光

用一个世纪的纸

把大大小小的文字

聚拢在沉默的石碑上

迷失的风和月亮

渗透着夏夜一样的温热和梦境

饱胀的落叶松上

孤独的影子以真实的形态

伫立在丘陵的顶端

无法逃避的那一刻

只有一种目光是呼吸的

那是不朽的生命

在滋润的双眼中托出的声音

所有的印记都在丘陵的脸庞上

带着一个忽隐忽现的名字

和时光里一条秘密的通道

山里的民国村子

在时光深处，我的家乡

藏着一个民国村子

一个不显眼的村庄

三米半宽的街道

全是红砖铺就的路面

如今，深浅不平的砖面

印着民国一块块的日子

有着民国人的面目

半小时从东向西

声音也从东向西走来

仿佛民国人的音容笑貌

一一集结于村中

太阳从东方升起

民国的房子几乎改装

只存一间破落的小房

住着一个民国的老人

每天早上打开小窗

跟着阳光从东走向西

来回地算着砖上的光阴

他是民国仅存的种子

他一直来回地走

他像是民国村里的活标本

母 语

谁在谈论母亲的故事

谁在我的河流里打捞月光

谁在我流动的窗口制造语言

我的充血的心脏被谁踩痛

方言在摇撼着斑驳的星辰

而我不能让伤痛浸染干净的果实

更不能让千年的目光背叛这高贵的名字

在这个民族的肌体上

母语的声音永远是清晰而辽远

鹿回头

你回头的代价
令人悲叹
森林在萤火中奔跑
梦魇在仓促之间望向光
追逐者放下手中的弓箭
只因你谦卑的回望
那是一场苦难的恋爱
在阴谋与胆怯的碰撞中
鹿，妥协了
人，却成了最大的骗子

那一声的鸣叫
决定你已被抛向远方
这无限的迷失
是背叛者隐忍之痛

对于风光
你如一朵花

绽放在这褐色的大地

对于同谋者来说

已走进温顺的骗局

高尚的爱情被囚禁

你昂头向前

成就了人类梦里的鳞片

天涯驿站

你的孤岛降生的银光

没有雾霾

四周环抱的湖泊

咸亮的、属于岛屿的鱼眼

在大陆架的南部

海，吐着蓝鲸的呼吸

圆滑且晶莹的幽灵

泊在大海隆起的脊骨上

南方，集结的浮华

带着飘移的风云

于是，天地间幻象重生

连着海天的地平线

是我故乡廉价的清风和河床里垂帘的通道

是我贫穷的蔚蓝和鸟语中深远的圣地

是我孤独中奇迹般显现的彩虹

沉浮的废弃的水域

此刻，依然标立着葱茏的陶瓷心脏

这么多年了，依然闪烁着星月坚硬的盈光

依然有着并排的灌木在守护

依然有水鸟

高呼着出发的噪音

依然有一幅隐匿完美的画卷

此时，我想到了你沉默的理由

你已把伸向世界的目光

全部注解在驿站的奥义里

回　归

若干年后

瑞山村的水塘已经干枯

许多女人的脸也都泛黄

熟悉的山神庙已逃离尘世

蹲在水塘中的佛像

不再阻止我们去攀爬假山

一切已在时光的背影中

变得遥远

假如我不离开瑞山村

熟悉的汗味会裹在某个女人的梦里

我今夜的内心

也不会显得如此的失落和忧伤

木棉花

二月是你丰盈的日子
你把所有的悬念寄托飞旋的花朵
心，恰到好处地出彩
奔涌的美近在咫尺

晨光，引领着生命的流线
从容地透过风的形迹
精致的红心盈满在枝头
我跟在你光华的背后
独自思考你执着的幻象
想表达什么
这艳丽的生命
即使陨落，也保持永恒的厚重

也许，所有的赞美都如短暂的彩虹
生命只有一次绽放就够了
我多么期望我的梦
如你一样，与这个季节不期而遇

一个红色的记忆

很多故事走在文字里
岁月如歌
很多人因要革命揭竿而起
信仰，使每一双童真的目光飞翔起来

启封尘世，声音在发芽
命运，不应囚禁在静默的陵河里

繁华之痛
凋零于时间深处
属于革命的青春
已制成城市的标本
在一座纪念的丰碑里

故国已掠过堤前的荣光
今天，灵魂沉默在这里
这不屈的生命
依然在解读着
壮美的一脉山河

山坳中隆起的梦

随着一阵风卷起的响声
记忆永远静默在村口的榕树上
山寨里弹开的窗口
使黑夜变得苍凉而迷茫

从我们中间穿过的
是辽阔的月光
山道被水泥包拢
赤脚走过的村子
已成为纪念的徽章
收藏在古老的记忆里

山坳里，手指点亮的星星
如生日的赞歌
在并排的房子里尽情地欢唱
一切都是新的
就连挂在墙上的洁白
就连呼吸的树木和空气

那一串崭新的钥匙

就是一张崭新的通行证

它能打开钢筋连着钢筋的房子

向遥远的过去告别吧

那是个困惑的世界

不要回头，也不要留恋

那条挂满衣服的竹子

已从闪烁的灯光中坠落

在灰暗的角落

梦，翻过了新的一页

村庄的颜容

正如一幅斑斓的画

挂在翠绿的山坳里

落峰岭

地球，是最道义的母亲
它让生与死同享一片天地

沉默，成就祖先驼背的山峰
让我承载的年华，脱离渴望
我习惯地叫它乳名，声音
成了我们最忧伤的距离

我保存着一种骨骼
像隔了多年未开的锁
打开，里外是不同的世界
相见，成了我们残缺的美

我曾看见褶皱深处的幽径
却无法穿越，瞳孔里一个
矮小的身影，我的容颜
始终来自那架矮小的筋骨
充满美感，挟裹着雄性体系

自豪，是我终生的一种源泉

我想到了临摹，应该用一些
图案和文字，在落峰岭的额头
虚拟一个高大的世界

春的梦语

我所关心的季节、山神和爱人

在我的留言册上

在记忆的新房子里

他们期盼一生

有一次海誓山盟的爱

有时，我希望采集一块沉香

在温暖的季节里

做一次虔诚的祈祷

让屋檐下的雀鸟

也能分享沉香的福祉

也能分享富足的快乐

甚至让蚂蚁也能顺畅地

把食物搬回洞穴中

我愿意寂静地对着大山

对着发绿的涧水和岩石

然后唱一首歌

一首祖先的歌
唱出海一样的厚重和湛蓝

至于村口的木棉花
它红红的花瓣真像孩子的脸
狗儿走进的村庄
我看到了袅袅的炊烟在报喜
我听到了水滴的声音穿过莽林
穿行在春的叶脉里

浪花魂

透明的眸子泊着星星和月亮
心里长长的思念
改变了你离去的姿态
苦涩中完善的诱惑
跳过高山和原野
在记忆的黄昏打开窗口

在幽暗孤独的日子里
你渺小晶莹的躯体
扛着阳光摇动的季节
以童真的微笑
让所有追随的心葱茏起舞

多少美丽的梦随你而来
又随你而去
岸，敞开的胸怀是什么
裸露的等待又是什么
远处的地平线
曙光正在升起

疍家，海上的部落

我不是一定要向你证明
我确实是一个民族

大海茫茫，野岛郁密
我来到这片领地
沉默的荆棘夹着深蓝的
暗流，荒无人迹的港
只有我，虚拟的星月下
无桅的船在探险
大海里，我撒开了所有的
希望，为了生活

我的族谱，没有文字
最终的命名，来自森林的大鸟
我的祖先，在遥远的
大海的鱼眼里
现在，我居住的港湾
新鲜的船儿，在灯光的

伴奏下，富足一方

歌舞升平，而在我的内心

依然存活着一叶轻舟

伴随着一个勇敢的

海上部落的梦

消逝的黎族筒裙

我知道了，风停的时候
清瘦的天会把皎洁的脸庞
远远地藏在深蓝的房里
窄小的道口没有阶梯
怀念，只能以母性的声音
去诠释着东方古老的故事

你如时光的过客
不会逗留太久
在现实与梦想之间
你放飞的翅膀谁能知道
其实，你转身的那一刻
南方的冬季依然是温热的

泄露的蒲公英在暗示风的流向
尽管贫瘠的土地
回答不了你远行的理由
不理解你任性的目光

复制着遗骨阴花的想象

但裸露的凄美的脚印

暗影上掠过的那一声呐喊

却定格了你倔强的执着和信仰

前方，原野上生长的莽林

正聚拢着五色的筒裙

并向前方不断地荡漾着

背面的山比城市还要厚重

会有这一天的
会有这样一个空间
空气分开的裂缝
犹如细长的爬行的幽径
只要有憩息的地方
就有生命存在的理由

悬空的崖，只是阴谋的陷阱
它在威胁着每一个躬身的激情
让前方仰望的念头
莫名地怀疑高飞的翅膀
而在城市的顶端
我听到了历史的声音渐行渐近

一个高大的梦
在旷野的意识中
破土而出
没有褶皱交错的叶脉

轮回耀眼的经幡

正循着风的流向低头细语

晶亮的阳光在飘荡

那些野花和露珠的芳菲

抽象地盘旋在高低的山丘上

此刻，我看见了影子的目光

收集着被风烘干的标本

且他高傲的欲望正倔强地向前延展

其实，背面的山比城市还要厚重

辑四

我没有理由不爱你

海岛上，那一片绿意

这是一片神奇的土地

这是一个绿色的家园

南方多情的风

吹醒了沉睡的大地

阳光下，一片绿色的绸带

托着蔚蓝的大海

妖艳欲滴的身影

在晶莹透亮的露珠里

翠绿，碧蓝，洁净，动人

我揭不开你和蓝天和谐的奥秘

只见你婀娜的身影

连同你呼吸的声音

尽情地释放在蔚蓝的天空下

葱茏是你的英姿

翠绿是你美丽的容貌

娇艳是你动人的眸子

四季中永不凋谢的色彩

把大地上跳动的阳光

搅得心花怒放

溪涧里、大地上

浓浓的绿色在拔节，在成长

带着四季的鸟语和花香

装扮着海岛不老的神话

人们在绿叶浓荫的世界里

尽情地享受着精神家园的和美

享受着大自然给予的博爱

我没有理由不爱你

在你贫瘠的时候

我渴望一片绿地

它让我的呼吸平和地流淌

我不必去在意那些野玫瑰

那是一种陌生的诱惑

尽管开放在一个敬仰的领地

尽管它有风情万种

但我宁愿在你经脉的栏杆上

刻上一生与祖国相关的名字

让你的灵魂依然安放在大海环抱的岛上

你没有理由不青山绿水

没有理由不春暖花开

没有理由不生机焕发

在我任性的青春里

你依然呵护着高山脊梁下

那一片纯蓝的空间

我依然看到离别多年的动人景色

在我记忆的场景里依然是那么清澈

此刻，我内心的激荡如大海的波浪

那么轻而易举地托起想象的翅膀

你的形象在我的语言里依然是那么激荡

那么让人神往

我没有理由不爱你

当我手中的笔尖

悄然停顿在城市的上空时

我凝望的目光定格在你四季如画的景致里

并大声地直呼着你的名字

——海南

我看见一朵云，越来越低

四月的海南，天空和大地
清新淡雅，我看见一朵云
越来越低，双手拥抱，向着
大地透明的山冈上

那时，阳光暖和，轻飘的身体
匍匐而下，这暧昧的肌肤
不只是夸张的恋爱
那是一种向往，流溢着
奢侈的思念和深深的爱

我看见一朵云，越来越低
这原本是一次曼妙的邂逅
它以火燎的情怀
诱惑着一个前世的暗恋者

雨，流连在植物园

从太阳舌头上传出的流言

一夜间把大地的肌肤，全部浸透了

清水河边，飞禽们不听劝告

冲过狂热的野玫瑰丛

停泊在结满果子的椰树上

早雨，带着季节的赌徒

变卖着花涧的红屋顶

小河边隆起的脊梁骨上

蜻蜓们捧着浮萍对酒当歌

夕阳西下时，家园的路灯

隐藏着植物清瘦的脸

篝火举起的前方

粼光的小径正流淌着轻柔的歌声

都说天堂的神祇走进篮子里

可祈祷的容器却挂在女人的腰间

一双圆月搂不住失眠的倩影

那个丰盈的肢体

斜躺在黎明的花朵边

一个季节的植物园

发育在灵光的河流里

人们致敬的月儿竟挑着风雨

繁殖在窗外荷花的胎体间

临　海

这是海的闪烁

这灵动之光

日照的声音如洗礼

鲸吐的岁月如此地隐秘

对于群山、绿林和花草

只是大海里松睡的纹涡

让可探视的暗影

留在玫瑰花园吧

我无法理解

它的隐秘出自何处

没有破绽的纹路

馈赠给人间的

是绝伦的苍茫和无限的蔚蓝

对着大地

海的祭坛是如此波澜壮大

我们无法探究

和理解海的欲望

毕竟，我们只是大地上一棵卑微的树

这些粼粼的波光

这些辽阔的深邃的脸庞

这个美的源头和诡异的飞跃

也许是神示的巧妙交融

留给我们临界的只能是仰望与猜想

二月花

那是春天的脚步
在你不经意时踩出的芬芳
二月花，你为谁而来？
春风如多事的媒婆
刷过大地的清冷
让一夜之间探头的花蕊
竞相掩映
让早起的鸟儿惊奇不已

我披着一身阳光
放眼二月的花儿
那姹紫嫣红的花朵
如风中的情人带着渗沁的清香
抚慰着沧桑的大地

二月花，你撞开冬天的寒冷
邂逅在早春风起的渡口
掬一把暖暖的阳光

悄然潜入昨夜的篱墙

惊醒了春天所有的眷恋

海南的冬天

海南的冬天在哪里
一缕阳光暖暖地照着
舒展的树梢上
绿叶呈现向上的姿态
我走向山涧舀一瓢冬天的气色
好让经年的往事
能赶上流失的时光
可所有的山涧都在期盼着
翠绿的形态守望着如画的山峦

海南的冬天
执着的浮华斑斓地舞动在风中
我试图降低停驻的温度
好让流经的寒潮
为一次芬芳的旅程
注上苍凉的颜色
哪怕在草丛上涂些枯萎的痕迹
或在山径上抹一层淡淡的暗黄

好让冬天的使命得以庄严地告白
可这个纬度注定是曼妙的
透明的露珠依然幻变般
加冕在灵动的海岛上

在明媚的阳光下
海南的冬天
天空依然是高远的
树木依然是茂盛的
大海依然是湛蓝的
沙滩依然是柔软的
空气依然是清新的
大地依然是春暖花开

冬日的海边

流行的细语和着奔腾的浪花
冬日温暖的海边
那些流动的青春
如一个个顽皮的水鸟
散布在绚丽的岛上

风儿太放肆了
它们不停地撩着女人的衣襟
制造着一次又一次的喧哗
让柔软多情的沙滩
勾勒出一张张羞涩的景致

山脚下，连续黄昏的绸带
正牵着欢快的山歌
缓缓地飘向海边
当海面上融化的幻影
和着无数个飞扬的情绪时
我感受到了春天的气息
很近，很新

春 天

春天走与留，时间无法决定
我们，也不会站在原点

大地明亮，就让它明亮吧
我，不会刻意去改变颜色
春天也是

从现在起，我要开辟
一条路，让它随梦而行
让我们从春天开始
——都能开辟自己的路
陌生人，你也不要缺席
让我们从春天开始
做一个幸福的人

初夏的隐喻

我不能确定

初夏是那样的浓烈

这尘世的天马

奔跑的脚蹄声

如飘逸的鸟语

游离于透风的大地

那些舒展的翅膀

羽化着永恒的启示

我不能确定

大地的骨骼是如此的坚韧

那些单薄的色彩

靠向无痕的天空

把涟漪的河面

束成光绳

引领着星辰磨砺的生命

从高处俯瞰那方山河

高悬的红心从手心滑来

在无尘的草色上

曝光着它的情性与欲望

属于我的青春

正愈合着奇崛的花朵和一些光芒

这初夏的内心必定渗透着

我存在的另一种方式

牛岭·分界洲

因对你无限地牵挂

我在这里长久地等待

我痛恨大海

痛恨冰河的隔离带

把我从你的怀中分开

使我们无限期地分离

无数个水怪拉着我

我无法突围

只能坚强地挺立着

每天为看你高昂的姿态

我吹着长笛，努力地跳跃

我想跨越沟壑

把思念系在你头上

然后交给牵牛花

在起风的夜晚

同你约会，同你呼吸和欢畅

那时，我会把雨后的彩虹披你肩上

把蔚蓝的绸带系你腰间

把鸽子的呢喃填写胸前

把我最纯洁的心托付给你

我知道，你曾试图舒展向前

想跨越冰河，跨过苍穹

却始终跨不过冰川刻下的沟壑

你默默地把希望和眷恋

寄给透明的红豆

让它在我的心头开花结果

多少个早晨和黄昏

我听着你忧伤的乐曲

听着你撞击大海的惊涛骇浪……

我们始终守望着，等待着

因为我们坚信

某一天冰河会退去

大海会干涸，即使时间遥远

等待的心，依然是甜蜜的

境　遇

我看见花涧的路
在蜜蜂歌唱的早晨
神秘的山谷林间
忠实的阳光如偷窥的眼
在转动

这是神往的家园
以朦胧的思念
向往的熟悉的山的旋律
如山神在不经意间
打开水绿的世界
植物的语言是如此的坦荡

多么美好的境遇啊
浮动在我甜梦的旋涡里

无根的晚霞

正如纯水母在扩张

这潮湿的天气里

那些奇特的声音

来自漂泊的植物群

清影，皈依在河边

没有火苗的玫瑰

在海岛上显示着它的度量

暧昧地谈论着它的前生

透过颤动的晚霞的唇

我看到，厚厚群山的背后

大量的生命墨染着空旷的原野

这无根的晚霞

对每个人，如神示

的膜拜

湖　泊

高山和白云同时醉卧
暗香痴情，四方的信徒云集叩头
虔诚的心失去重量，在水上
漂浮不定

晨光，突兀的仰望
把草绿的欲望挂在山脚
不远处，一个独行者
躲在透明的镜里
听大地弹奏风月

福湾，泊在海边的村庄

半个月亮

在这里停了很久很久

嫦娥的裙带掉在岸边

吴刚点过的天灯

布满苔藓和水草

在唱晚的渔歌中

飘忽不定

船儿老了

坐在礁石上哼着调子

山没有荒芜

沙滩延伸的土地长满树林

珊瑚礁的眼睛就长在树上

行走的海上丝路

沉沦的陶罐

让海陶醉的商客

此刻都躺在沙滩上

整理着太阳的影子

海风，在繁忙的谷场上

清捡着果实和红鱼

清捡着遗失的丝绸天书

不同的语言落在村庄的房子里

那是星星点灯的房子

天河的熠亮一夜间

温柔了这个村庄

我坐在村庄的深处

看着福湾的容颜

染色的脸

种着美丽的春天

蔚蓝的海荡漾着

无数个水手的梦

首饰在风中随意哼唱

我捧着翠绿的鸟鸣

叫醒窗外的浪花和桅杆

让辽阔的海上

飞翔着村庄的种子

并且飘向北方更远的繁衍生长

在海上

波浪欢腾的海上
阳光晶莹的温情
以母爱纯洁的肌肤
让大地缠绵的飞旋与眷恋

在海上，多少个渔歌唱晚
寄宿在烟雨绵延的岸边
渔舟，带着无数滋润的絮语
在蔚蓝的清波上随风荡漾

天边，雨后的彩虹高高挂着
大地以它博大的胸怀
永恒地恩泽着万物
每一次回首的期盼
穿过离合的馨香
纵情欢乐在久违的耳边

在海上，多少双牵挂的目光

流淌在风行的夜里

生活的每一次期盼

在每一次升起的风帆上轮回飞翔

在海上，繁星闪烁的声音

对着桅杆信仰的高度

表达它们相遇的喜悦

在海上，唯有水鸟是高昂的

它飞翔的翅膀

肆意地迎接生命中不可预测的风浪

它用最响亮的声音

张扬生命的骄傲与存在的价值

分界洲的时光

午后的海风
升起又落下
我带着海岛
在分野的视线上
来回穿梭

海，在我不经意时
把门推开一道缝隙
恣意地向我涌来
太阳透过窗口
停留在海边的礁岩上
岛上的颜色也许是失血太多
凝固了波浪，也凝固了涛声

前方，山道在爬行，在伸展
在每个人的额头上
一簇簇好奇的眼睛被牵引
在淡蓝的山海间

悬崖上海鸟睡了

却做着清醒的梦

海石龟也在椰树下

模仿着最初的姿态

只有顽皮的海豚

在欢欣飞翔中沉醉着

沉醉了山海

沉醉了游人

我站在山上看大海

海由远而近，山由近而远

假如，没有冰河锻造的海为界

你会连着天，连着地

甚至会合拢

会重逢

迂回的时光

来临的鸟鸣，荡漾的
清波，盘旋的季风
卑微的青春，羞涩的
长椅，沉默无言的温暖
以及早开的花朵

这些小小的肉身
如四季的羽光
伴随着大地的峥嵘
显现在时光的窗棂上
它们保持独立的个性
形态，却让一些景物相互对峙
相互牵引，构建着
大地的颜色与光芒

当迂回的时光
让我们又回到原点
这些存在的意象，必定在现实中
改变着我们生活的基调

香水湾

终于，所有的窗口被打开
你的名字被改编成山涧飘来的香水
那时，你驮着片片沉香
从不同的歧径
穿过无数个飞翔的阴影和诱惑
心，停靠在海的怀抱

终于，你飘香的港湾
成为远山的牵挂
你徒然裸露的酥胸
爬过温床
把流淌的圆月
一半交给爱人
一半交给那个神圣的预言

都说，你的欲望渐行渐远
你把远山重叠的香木
铺成无数相思的眸子

让风月跳动图腾

终于，你成了一位女神

被时间带着去问候世界

你的前方是升扬的波浪

闪着无数个星星

终于，你迎着降临的季风

在昨天，你悄悄地种上无数个珊瑚林

你的地平线悄然挺立

在太阳的呼唤下

把无数个翅膀

铺向天空

终于，你实现了沉香的诺言

把一个名字叠成一颗透明的心

——香水湾

你托着那弯妩媚

去迎接春天所有的眷恋

暮色的海

暮色里，叶箫在随风飞扬

如月影泛起的声音

穿行在清凉的大地

彩霞倒挂，对峙的帆橹点拨波光

飞鸟寻居，空中的掠影余音未绝。

那高悬葱郁的山脉

如睿智的哲者，释放着

尘世之光

我面朝大海，辽阔的波涛

随心飞扬

这透明的浪花，带着浮华的

荣光，启迪着生命轮回的

印记

这暮色的大海

精彩博大，辽阔深远

秋的梦想

这满山的金黄

是秋的梦想吗?

这累累的硕果

是秋的梦想吗?

这天边的晚霞

是秋的梦想吗?

这醉人的桂花香

是秋的梦想吗?

这清高明朗的月光

也是秋的梦想吗?

猜不透这秋的弦外之音

这秋的梦啊

如无限仰望的目光

伴随着飞扬的信念

根植入我们心扉的疼痛

如颠簸碎语中轮回的韵律

回荡的悠悠岁月

如无限的烟云

倾斜在风中的忧伤

如早晨露珠碎破的梦

惊起的声声鸟鸣

如落叶老去时

最真最纯的声音

这秋的梦想啊

是一笔无法赎回的生命之旅

坚韧的陵河

这深蓝脐带的涌动
与原始内心不屈的向前
这蜿蜒生命独行的坚毅
让我突然感到：这坚韧的脊骨与胸怀

这沉浮的生命
与前世物种的梦
这孤傲的修炼与相思的契约
从山之巅顺着旗帜的光芒
与纹理的标记
旋舞着尘世沧桑与丰饶的景色

陵河啊陵河
在这卑微的大地上
你以柔软之躯
从峥嵘岁月中崛起的生命
润泽着你脚下的每一寸山河

你默默地向前

在辽远的岛的腹部以其温暖的名字

让每一个生命葱茏起舞

我如此地炫耀与赞美

并非你传奇的身世

而是一种精神、一种感动和依附

让我永远地敬仰与膜拜

远　方

远方到底有多远？
我们抬头眺望
抬头，眼前是一道风景

不能确定的暗门会有的
许多零碎的植物会有启示
甚至它们演绎的奇迹
会让我们无言以对
但我们必须扶正影子
不能让它永远地跪在地下

时光是人生穿行的唯一通道
际遇，是得意或是忧伤
是欢乐或是苦痛
我们都无法预计
时光，也使尘世有千姿百态
在时光面前，我们或会
卑微得如一粒沙子，甚至会成为虚无

走进清水湾

1

这是银河遗失的一弯新月

这是大海留下的一湾清水

清水湾，当你无数个板块涂上了颜色时

那些跳跃的画面

便悄然地挂在世界的窗口

2

人们都说，梵·高的画价值连城

假如梵·高活着

也许会自叹不如

3

从四面来的风开始收集

左一幅右一幅

用金黄的绸缎

擦来擦去

4

我走进清水湾

走进一个迷乱的空间

走进一个困惑的世界

前方，大海已退去

后退的沙滩上

种上神话

种上珊瑚的梦

5

前方，太阳的光牵引着

水鸟的天空闪烁着

登陆的季风热闹着

它们让无数个候鸟

发出一片片惊喜的叫喊

6

你的沙滩唱着歌

在你打开的每扇窗外

你重组着翠绿的花季

使它们在不同的时节竞相掩映

你把荒芜的沙滩组成方阵

然后植上树木贴上花朵献给天空

7

喧闹开始了

仿佛来自北方更远一些

绽放的凤凰花高高地飞转

窗前，无数个太阳在闪烁

8

清水湾

是谁的手笔描绘出这个星球的传奇

是谁的馈赠

使你变得和谐、美艳和高贵

9

清水湾，你长大了

你的大海

你的花园

你的天空

你的温馨的家

组成无数个美丽的景象

在蔚蓝的光芒下

向世人招手

向世界微笑

一个人在海边

我把任性的手，伸进大海
带着勇敢的心

长长的星光是如此的暧昧
它欢乐的流光
捉弄着沉静的夜

我站在礁岩上
海岛蹲在我的脚下
我对着每个人召唤
每个人都沉默无语

我离开大海时，我看到
每个人都在鼓掌
掌声是如此的清晰
他们响亮的送行声
几乎是深不可测

吊罗山

吊罗山
你像一个任性的少年
捧着季节
捧着阳光渗透的翠绿
叩亮灿烂的星群

我沿着原始森林的溪涧
漫无止境的迷雾
让无数个峰峦在等待
深山里枯萎的植被密密麻麻
寻找的声音在回荡
只有生命疯狂地生长

吊罗山
你的心湖涌来的馨香
让所有声音尽情地跳跃

其实，我大声地呼唤

始终被你喧嚣的波浪所覆盖

我在你心中显得那么渺小

你捧着我，就像捧着一片叶子

吊罗山

你妩媚清丽的小妹湖

让所有沧桑旷野

变得温柔可爱

你繁茂的雨林

使我变得空灵幽静

吊罗山

你深绿的漩涡四季开放

当无数个阳光

在你心中漉漉地呐喊

我清晰的声音

会为苍老的泪水而凋谢

甚至乃至死亡而守护，而赞美

让无数个新鲜的生命

重新去抚摸新的世界

十一月随笔

1

冷削，在初冬的南方
是少有的盲点
流浪的日子
应懜悲为怀

2

你抵押的卑微尊严
妥协着低落时的冷漠
但不代表你胸无遐想
如果，冬日没有情爱
你可能体会不到
寒冷带来的彻夜难眠
深藏于内心的那股念想
传递的语言密码
也无法做一场春天的旅行

3

天宇如此辽阔

对于生命，终归有它隐秘的定律

我们如存在的物质

根植于它的另一种归途中

4

是时候了

沉默的姿态必须站起来

才能在雾里寻找存活的空间

冬天，思想开始孤独

干净的肉身，感到有些怜悯

5

这个季节谁没有过孤独

所有的事情

都在围绕着一个瘦弱的星球

6

南方的岛屿

在雕花的房间里

正隐藏着一些奇异之光

7

在冬天，人们都会体验到的
一场真正的生命之旅

在海边，有一种异想

身体太轻，我无法深入大海的体内

有一天，一群诗人坐在海边

谈论大海与陆地的关系

大海边，飞溅的浪花

如一朵朵透明的云，看似易碎

其实坚硬无比；看似杂乱无章

纹理张弛却是有度

我有一种异想，假如天海交替

世界会是怎样的一种景致

人与鱼也交换呢，人是否会

成为海的使者

以海为家，魂归大海

但我知道，这荒唐的想法

只是一闪念的痛，纠结于

诗的局限，大海永远是大海

大海所有的秘密，都裸露在

我们面前，它永远是
神秘得深不可测

波浪汹涌而来，扎西才让说
把它们搬回甘南，父老乡亲
就不会想念海了，我说
那你把甘南的天也搬过来吧
格桑花在这里会开得
更漂亮，更迷人

慕白在海里傻笑着
哗啦啦的海水浸透了
他的下半身，他的下半身
却长出了湿湿的青苔
和嫩绿的江南

辑五
时间深处

时间深处

似乎，我们背对的黄昏
已四面楚歌
我们忘记了脆弱的梦
从陆地到海上，拥挤着沦陷的仰望
太阳此刻也没有复活的表情

成群的预言，也已经卸下了光芒
在暗蓝的黑白交替处，徘徊不定
空旷的大地，伤痕轻轻放下

在我们的生活中，千姿百态的心
只留下漫无头绪的碎影，游离于世
只有反射的焰火表层，在涅槃

在时间的另一端
却隐藏着生命交替的景象
在广袤的大地上
宇宙已在沉重的郁结中
为每一个生灵，设定暗号

巫　词

这个季节，云朵诞生在叶子间
母亲在制作着晨时的酒滴
强硬的虫锯摧残着花的心脏
大地的神经
暖血震荡着松疏的管壁

山上，巫师们摘下山神的帽子
他手中青涩的咒符
在新泥中解说新芽

在轮回的生活中
你泣饮过冰冷固化的白雪
解禁了腐质墨绿的祖先
并在青幽的钙质里
清洗着青铜的骨骼

如今，太阳趴在干枯的面具上
鲜亮地组织着丰满的生殖器

诸多欢愉的肉身在梦境中繁殖生长

巫师们排序着生死令牌

在时间内部

大地充满着雄性的诱惑

安静的时光

我看见并行的光
侵蚀着肉体和头颅
只让灵魂披着外衣

时间似乎在充当骗子
它让一些树木与雨水结盟
然后新生一些抽象的概念
长出的一些新芽，目光转向
其实也不是奇迹
一切诡异的光，已被
美好的外壳遮蔽
灵魂中潜在的一些异声
倒是变得舒坦起来

春　辞

这个早晨
河流已脱去它冰冷的脸
已无牵挂的叶子
也开始邮寄枝头的早花

在这个季节里
各路信徒唤着口号
开始游行示众

我突然看到一只飞鸟
停在我暖春的门庭
它捎来的书信
赞赏我优雅的身体

我的年龄

我的年龄已习惯于仰望
爬行的夜从指缝间冷冷地滑过
好久了，陷阱在地毯上
拥抱着静谧的谎言
重新整理的日子
在森林的叶子间
恭迎月光点亮的时辰

其实，只有狂风就够了
那些用枝条削成的纪念碑
和它们拥有的土地
会为每一轮圆寂的葬礼
表达它们的疼痛和诚意
不必在意多少个路口
泪珠滑过的记忆
已经在肖像的背影中
越来越模糊
那些落叶飘过的声音
谁又能记得住它的方向

符 号

我不能确定，这算不算风景

年龄已过芬芳的季节

渐渐退隐的青春

已错过了恋爱的花期

脖子上的光芒，也让突显的血瘤

散布着谣言

我不能确定，在行走的大街上

能否繁育新的欲望

但我必须把遥远的耕作

连同追求的生活装进来

把我的名字也加进去

然后保鲜在葱绿的河边

既然阳光的流向恰到好处

那就让我离开的目光

闪亮如山里的一粒火光

或许在黑暗的时候奔涌向风的舞台

因为我想让这一生

至少能留下一个清晰的符号

诗歌，写在黑夜的边缘

我在黑夜里写诗
黑夜给我充当隐士
我站在黑夜的边缘
却握不住黑夜的手

我看见一颗流星
从黑夜的玻璃上滑过
屋里住着一个漂泊的灵魂
一个与我相依为命
与黑夜反目成仇的卫士

为了诗歌，我必须在空旷的
内心，设计陷阱
让失眠的文字
引诱黎明的回声

我抬头仰望
天空在黑夜与黎明之间
忽暗忽明

我的姿态，却从虚无中
走出来，成为诗歌的吟者

歌　者

这个城市很小

风吹草动一经散布

你就会被敏感的声音

抵押街头和巷尾

仿佛一张漏送的明信片

邮差在传递着谣言

然后不断串通，甚至诋毁

而站在高楼上的另一种传说

可能值得信赖

我确信囚禁中移动的灯盏

它暖暖地照着没有物质的爱情

还有一个没有模糊的名字

环顾四周的形态

风已经无法重新拼凑成风景了

而棱镜的命运

让雀鸟的灵魂

越发显得高大而慷慨

在百合花前

它漫游的梦是非常真实的

并且还清晰地记住舞台上的那个影子

似乎还赞美过他炽热的心

在时间面前

我一直沿着这条路走去
它伸向何处却说不清

时间，包括人和事都有
勇气的徒然离开
甚至那些没有思维的动物
也被日子时刻地改变着

我看过一本没有编码的书
从玻璃的棱角中
悄然滑落
身后全是海的宇宙
我决定把隐藏在透明
翅膀里的碑文
当成未来行走的方向

在路上，我看见风削的
筋骨里，一些种子在孵化

过不了多久

它们必将纠缠着

一个空间或一片青草地

影 子

影子，我们是搀扶的兄弟
说吧，我精心喂养你的细皮嫩肉
你却依然猥琐地遁入我的体内
如我肌肤的墙
默默地牵住我流亡的生命

你说，高姿态一点
宁愿牺牲梦游的青春
也要把我卑微的脚步
消融在泥泞的喜剧里
把我尚存的生命
灌满了强壮的光

其实，我不需要怜悯，别斜顶着我
我不需要你沙哑的声音
奚落我私恋的秘密

我知道，当我的肉体拴在木盒里时

你会把我奢侈的名字

封存在山坡的废墟里

你，阴谋地替代了我的存在

藏在时光里的画面

这临溪的小城市

北风一吹，就显得老了一圈

我有失眠的习惯

常常与书为伍

深高的夜

窗外堆积的风景和仰慕的光

被透明的玻璃

挡在窗棂之外

我沉默地对着自己，手指

无法从容地填写自己的履历

因为我的年龄

和我所走过的路

其实，在前方广场的一角

我真实的人性早已泄露

相遇的一种方式

我们从春天开始
养活了一切不可能的田野

三月的音乐是河流放飞的游戏
外表看似无规则的鲜美
内心却是有条理的整洁，柔弱
这是一个敏感的部位
适宜于高声朗诵，也适宜于偷窥

我们需要一块空地，借助太阳的
光芒
把一切可能的事物，包括名字
全部种上，让它们都花枝招展
带着油泥的香气，相互渗透

如果没有幸福的时光
我们就在敏感的部位
互相搀扶，相互拥抱
这是我们相遇的另一种方式

叶 子

正如纯水母在扩张
这咸湿的气候
那些奇特的声音
来自漂泊的植物群

叶子，皈依在河边
没有火苗的玫瑰
在海岛上显示着它的度量
暧昧地谈论着它的前生

透过颤动的晚霞的唇
我看到，厚厚群山的背后
大量的叶子染沫着原野
显示着它们生命的强盛
与厚道

这无根的叶
在海岛上，如佛归真

姻　缘

我只能读着你的前世
也可以含情地叫你乳名
但不能跟着你一起
在你的圈子里争风吃醋
你的笑声早已梦游了一个朝代

该走的终归会走
不论你多么妩媚，或多么娇柔勾魂
一个转身，就是一生一世

对于秋天
落叶已成为它成长的记忆
对于你的前世
只能说是一种遗憾的痛
尽管有一百个理由
你都无法成为今天的话题

但我还是一如既往地梳理你的一些遭遇

把关于你的一些风韵

与这个时代联系起来

让你的身世也有看点

可以的事情

可以是另一种穿越
逶迤而漂泊的这些细沙
运着水，向着相互吸引的
风与树，它可以是一种诱惑
甘愿以高超的缠绵
收敛雄心

它可以是星辰的信使
带着蓝色的呼吸，然后
让内心的光，映过
生锈的鱼眼里裸奔的
枝丫，疗救那场枯萎的灾难
强大的苔藓，沉默仰望的生命群
漂泊的沙漠，不再荒漠

信赖的欲望，敞开心扉
我收到黑色眼睛公映的
风景，连绵涌动的绿海

在大地的腹部，显得如此的

高远而深邃

游离的欲望

当我不再有寂寞的执念时
晚秋就脱落在枝干上
晌午一过，不规则的风
把白日的脸埋进混沌的鱼嘴里

灰暗的声音开始在走马灯上
变得朦胧与冷漠
流放在家门口的狗儿
正在空篮子里
寻找失去的母语
我竭力抓住解冻的
玻璃镜，黑衣人
含蓄的目光
充满善意

远方已是冬天的时节
我宽容的骨头
此刻在时光深处
打捞着神秘的脸庞

春风，来得恰到好处

只有一场春风来得恰到好处
它安顿了松软的寒冬
其实，所有的青绿已开始
移动

我知道，这活埋的冬天
躲进了神秘的花园，我听到
春的脚步声，已掠过园里的树梢
那些惊慌的素色，流露出肤体
无遮的丑态，一夜间
妥协温软的内心，羞涩地释放
感动

我看见春风湿漉漉的情
赤裸裸地浸淫大地
然后，狡猾地逃离
失事现场
一场春风，来得
恰到好处

变革的时代

他喜欢黑夜里独立的光
那些揉着眼睛的文字
把一切留在身体里的阴影
物质和欲望，废墟中
善意的想象，卷入一场持久的
迷幻术中
灵魂的梦想是多么的严肃

暗瓦顶收录着太阳剥落的
声音，它的容颜
激荡起四周的风景
他解开孤独语言里
仅存的一粒尊严，让坚实的
部位破壳再生

窗外是月光印刷的图案
有些模糊，甚至灰暗，发酵的世界
外形和命运，已被机器重复过滤

对着灵肉之痛

他必须保持方向，然后寻找

一块石头

打通生命暗流的通道

在骨骼内部，虚拟一个

安置社会的盲区

我站在城市的端口

五色花，向往飞舞的翅膀
飘忽的光闪烁不定
我站在城市的端口
遐想，已迷茫在梦幻的星际
我找不到路的出口，尽管我
此刻容光焕发，却显得
微不足道

我徘徊在浮华的城市里
我听到许多不同的音调
他们的欲望有些带刺
多年不见的朋友，笑容中
也含些捉摸不透的表情
是惊喜或是卑微，而我却
很欣慰

在午夜，美丽的城市
灯红酒绿，暗香流动

我似乎感到，我所有的
肢体已消失，只有灵魂
站在城市的端口
久久地仰望

黎明的语言

你赠给大地的是一件纯品

你制造的谎言不是在推波助澜

你的脚印穿过丘陵和溪涧

捕捉着宇宙派生的景象

你不是捕风者，却有永恒的生命

你的目光，连同你赤裸跨越的河流

被拓荒者挂在嘴边

它们在炫耀，甚至寻欢作乐

而你，却饱尝着冷漠的痛苦

你总是低三下四，不惧羞耻

让生物们受精，然后创造着更多的奇迹

把内心纯朴的品格

引向辽阔

我愿是陆地上的一株红树枝

迎着你的晶莹或浩渺烟波

从黑暗子宫中破壁而来

那悠然明亮的天边

不是教科书

是一只洁白的鸽子在风中行走

告 诉

还要我表达吗?

七彩的绸缎缀满大地

雨雾在沉醉中苏醒

守护着古老的生命

孕育着姓别尊严的种子

叶笛悠扬

温馨的梦想已无拘束

请让星星走近我吧

以传统的仪式

让今夜的团圆更加纯美

请记住我熟悉的声音

把你的名字悄悄抒写在我的脸上

然后以纯真的微笑

告诉大地上绽放的花朵

告诉传说中的爱情

告诉一切赞美的词语

告诉梦想覆盖的每一天

还要记得告诉

我的祖国

遇　见

邂逅在摇曳的陵河边

你的露珠般透明的羽光

掠过夜帘卷起的染袂

如异乡回首的伊人

轻盈地纠缠在晨风吹醒的大地上

欢欣中，轻盈缱绻的清波

如一抹柔媚

衬起羞涩泛红的花紫

而你却在回眸凝思

在倾诉什么

呵，我感受到了

你注目时颤动的心扉

心起伏在月光的拐角处

我不能惊动你留香的娇容

只能等你怅然中撩起一瓣话语

赠一个遂心的花季

好让追忆的梦不再清瘦

后　记

　　我真诚地把这个本子献给读者，这是我这些年来，对一个民族发展历程的一些散记。我曾经期望对这个民族进行较好的较系统、全面的诠释，希望点燃这个民族文化复兴的火把，然而，我没有，也无法达到这种高度。我只能努力去思考和伸张这个民族在其发展历程中的图腾的根源。尽管不太全面，但海南特定区域里黎族地域的山川风貌、风土人情和生活生产方式以及发展变迁，很大程度上已在我的诗歌中体现出来。

　　写这个本子，始于1984年10月我上大学时期，那时由于各种文学思潮的竞相绽放，我产生了进行文学创作的念头，特别是诗歌的创作，并且居然稚嫩地想用诗歌的形式去表达自己对家乡对亲人的那份热爱的情感。特别是我大一那年，我得知我父亲一个人牵着牛在山坡上放声大哭的情景时，那种作为一个男人释放的爱，使我想要用诗歌去表达一个孩子对父亲的那份情感。他的哭释放着他对我付出的厚度和寄托的期望，我从而启悟了作为一个父亲的伟大之处。他连自己的名字都不会写，在家里还要照顾多病的母亲，在当时劳动力缺乏的情况下，竟然默默地承担起父亲的责任，让我读完高中并顺利地考上大学，这是他作为男性的纯朴闪光的人格底蕴，他不能不让我敬重并心痛。他离开人世时，居然还以一种自豪和安详的神态，拉着我的手，走完他的人生路。我哭了，压抑不住这种情感放声地大哭，这是作为一个孩子对父亲离去的不舍，不仅仅是因为失去父亲的苦痛，从另一个角度上说，也是对这一个民族的男人，他们最具责任感和传承梦想的一种感动。

所以，这个本子更多的是以黎族的一份子，对民族大爱的吟唱。因为爱是中华民族的传统美德，我想一个民族只要有爱，就有梦想，就有希望。也可以说，爱赋予一个人，一个民族乃至人类更多的梦想与追求，因此，我把大爱融入诗歌中，体现在对祖国、对民族、对家乡和亲人的爱。

黎族在海南岛上是一个历史悠久的民族，三千多年的发展历程，创造了她独特的民族风情和厚重的民族文化。黎族又是少数民族中人口较多的民族，在海南岛上，尽管居住的地域和环境有所不同，构成了她有不同的五种方言，但黎族人民的心性和习俗基本上是相同或相通的。黎族人民淳朴，善良，勤劳，勇敢，并具有较强的大同亲和的人格魅力。随着中国社会发展的日新月异，特别是海南经济社会的不断发展，黎族人民更多地融入到发展繁荣的大潮中，在新思潮和多元文化高度发达的今天，黎族人民的生产生活方式也发生了巨大变化，黎族厚重的民族原生态文化，不可避免地受到当代生活方式和多元文化的冲击和融合，许多原生态的文化，诸如船型屋、黎族染织、文身文脸、黎族民歌民谣、传说故事以及传统技艺等等逐渐被当代多元文化融合乃至更新，因此，寻根、保护和挖掘、弘扬，已成了当代黎族人义不容辞的责任和义务。尽管力量微薄，但我还是想以诗歌的形式，来对本民族文化进行颂扬和呐喊，让更多的人关注这个民族，走进这个民族，了解这个民族，也想让黎族在发展的道路上更好更快地发展。

出此诗集，得到了许多老师和同事的关心和支持，中国作协副主席吉狄马加亲自为我写序，并对黎族诗歌的发展寄予厚望；李少君兄为这个集子亲自审阅和联系出版，并对我创作成长长期进行指导；郭小东老师是我走上文学道路的带路人，他对文学的痴情和大度的人格魅力，深深地感染着我，并对我的创作进行辅导，同时对作品亲自审阅并提出修改意见；沉河老师在编辑上提出了诸多宝贵的建议；李其文同事更是对我的作品进行亲自收集和编订，并给我在道义上的支持。在此，我衷心地感谢支持和帮助我的人。

郑文秀

2015 年 6 月 24 日　海南陵水

图书在版编目（ＣＩＰ）数据

梦染黎乡 / 郑文秀著. -- 武汉：长江文艺出版社，
2015.10

ISBN 978-7-5354-8279-2

Ⅰ.①梦… Ⅱ.①郑… Ⅲ.①诗集－中国－当代
Ⅳ.①I227

中国版本图书馆 CIP 数据核字(2015)第 193971 号

责任编辑：沉 河 谈 骁　　　　　责任校对：陈 琪
封面设计：江逸思　　　　　　　　　责任印制：左 怡 包秀洋

出版：　长江出版传媒　 长江文艺出版社
地址：武汉市雄楚大街 268 号　　　　邮编：430070
发行：长江文艺出版社
电话：027—87679360
http://www.cjlap.com
印刷：武汉市福成启铭彩色包装印刷有限公司

开本：640 毫米×970 毫米　　1/16　　印张：14.75　　插页：4 页
版次：2015 年 10 月第 1 版　　　　2015 年 10 月第 1 次印刷
行数：4554 行

定价：46.00 元